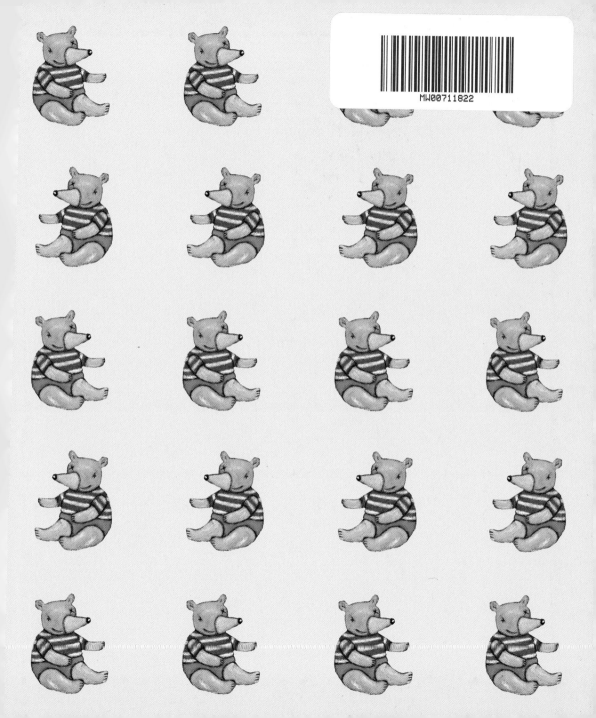

© Éditions Nathan (Paris-France), 1998 pour la première édition.
© Éditions Nathan (Paris-France), 2006 pour la présente édition.
Loi n°49.956 du 16 juillet 1949
sur les publications destinées à la jeunesse.
ISBN : 978-2-09-251161-9
N° éditeur : 10156998 - Dépôt légal : février 2009
Imprimé en France par Pollina, 85400 Luçon - n° L48983

Conte traditionnel
Illustré par Charlotte Roederer

Boucle d'Or
et les
Trois Ours

Il était une fois trois ours qui habitaient
une maison dans la forêt. Il y avait un tout petit
ours, un ours moyen, et un grand gros ours.
Un matin, comme la bouillie du petit déjeuner
était trop chaude, ils partirent se promener
en attendant qu'elle refroidisse.

Pendant ce temps, une petite fille appelée Boucle
d'Or arriva par hasard devant leur maison.
Comme elle était curieuse, elle regarda par la fenêtre,
puis par le trou de la serrure.
Et, ne voyant personne, elle souleva le loquet.
La porte n'était pas fermée. Car les ours étaient
de bons ours ; ils ne faisaient de mal à personne,
et ne pensaient pas qu'on puisse leur en faire.

Boucle d'Or ouvrit la porte et entra.

Sur la table, il y avait trois bols remplis de bouillie :
un très grand bol, un bol moyen, et un tout petit bol.
Boucle d'Or fut très contente de trouver un petit
déjeuner tout prêt.

Si elle avait été une gentille petite fille, elle aurait
attendu le retour des trois ours. Ils l'auraient
peut-être invitée à déjeuner, car c'était de bons ours,
un peu bourrus, comme tous les ours, mais très
aimables et accueillants.

Boucle d'Or goûta d'abord la bouillie du grand gros ours, mais elle la trouva trop chaude.

Puis elle goûta la bouillie de l'ours moyen, mais elle la trouva trop froide.

Alors elle goûta la bouillie du tout petit ours. Elle n'était ni trop chaude ni trop froide ; juste comme il fallait. Et Boucle d'Or la trouva si bonne qu'elle la mangea tout entière.

Dans le salon, il y avait trois chaises :
une très grande chaise, une chaise moyenne
et une toute petite chaise.
Boucle d'Or voulut s'asseoir sur la très grande chaise,
mais elle était trop haute !
Puis elle s'assit sur la chaise moyenne,
mais elle était trop dure !
Alors elle s'assit sur la toute petite chaise.
Elle n'était ni trop haute ni trop dure ; elle était
juste comme il fallait.
Mais voilà que la chaise se cassa. Et Boucle d'Or
se retrouva par terre, les quatre fers en l'air.

Comme Boucle d'Or avait sommeil, elle monta
dans la chambre des trois ours, où elle vit trois lits :
un très grand lit, un lit moyen, et un tout petit lit.
D'abord, elle se coucha sur le très grand lit.
Mais il était trop dur.
Puis elle se coucha sur le lit moyen,
mais il était trop mou.
Alors elle se coucha sur le tout petit lit. Il n'était
ni trop dur, ni trop mou ; juste comme il fallait.
Elle se glissa sous la couette, et s'endormit.

Peu de temps après, les trois ours
revinrent de leur promenade.
Boucle d'Or avait laissé la cuillère
dans le très grand bol.
– Quelqu'un a touché à ma bouillie ! dit le grand
gros ours de sa grosse voix.

Puis l'ours moyen regarda son bol, et vit que
sa cuillère aussi était dedans.
– Quelqu'un a touché à ma bouillie ! dit-il
de sa voix moyenne.

Alors le tout petit ours regarda son bol ; la cuillère
était dedans, mais la bouillie avait disparu.
– Quelqu'un a touché à ma bouillie, et a tout
mangé ! dit-il de sa toute petite voix.

Les trois ours se mirent à regarder tout autour d'eux.

En voulant s'asseoir sur la très grande chaise,
Boucle d'Or avait déplacé le coussin.

– Quelqu'un s'est assis sur ma chaise ! dit le grand
gros ours de sa grosse voix.

Boucle d'Or avait aussi aplati le coussin de la chaise
moyenne.

– Quelqu'un s'est assis sur ma chaise ! dit l'ours
moyen de sa voix moyenne.

Et le tout petit ours découvre sa chaise.

– Quelqu'un s'est assis sur ma chaise, et il l'a cassée !
dit-il de sa toute petite voix.

Les trois ours montèrent alors dans leur chambre.
Boucle d'Or n'avait pas remis à sa place l'oreiller
du très grand lit.
– Quelqu'un s'est couché sur mon lit ! dit le grand
gros ours de sa grosse voix.

Et Boucle d'Or avait aplati l'oreiller du lit moyen.

– Quelqu'un s'est couché sur mon lit ! dit l'ours moyen de sa voix moyenne.

Quand le tout petit ours s'approcha de son lit, l'oreiller était bien à sa place, et sur l'oreiller était posée la tête de Boucle d'Or, qui n'était pas à sa place, car elle n'avait rien à faire là.

– Quelqu'un s'est couché dans mon lit, et y est encore ! dit le tout petit ours de sa toute petite voix.

Boucle d'Or avait entendu dans son sommeil
la grosse voix du grand gros ours ; mais elle dormait
si profondément que cela ne la dérangea pas plus
que le mugissement du vent.
Elle avait entendu la voix moyenne de l'ours moyen,
mais seulement comme une voix dans un rêve.

Mais quand elle entendit la toute petite voix
du tout petit ours, elle fut réveillée en sursaut.
Elle se redressa et, en voyant les trois ours qui
la regardaient, elle bondit hors du lit, épouvantée.
Elle sauta dehors par la fenêtre et se sauva à toutes
jambes à travers bois.
Les trois ours ne la revirent jamais plus.

Regarde bien ces objets.

Ils apparaissent tous quelque part dans le livre.

Amuse-toi à les retrouver !

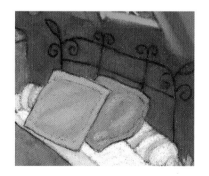

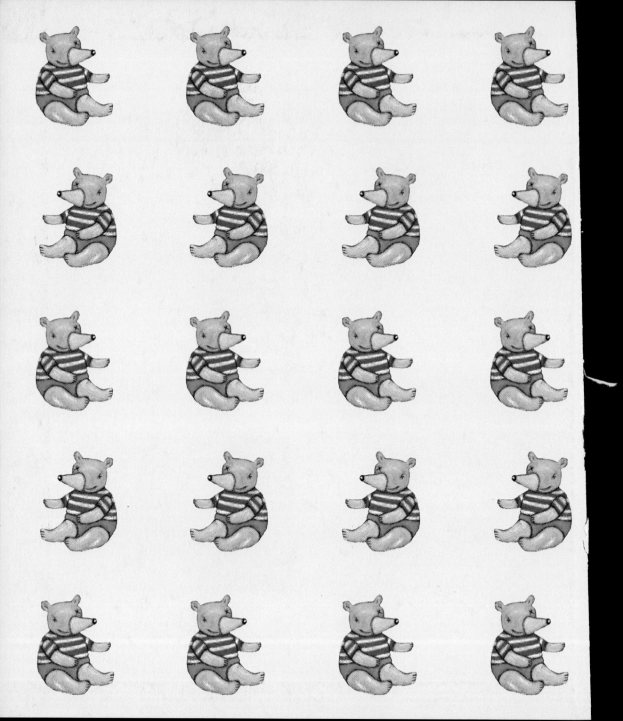